Christian Conrad Gold

Karneval der Surrealisten

Christian Conrad Gold

Karneval der Surrealisten

Surrealistische Gedichte

Goldene Rakete Verlag für Belletristik

Imprint

Cover image: www.ingimage.com

Publisher:
Goldene Rakete Verlag für Belletristik
is a trademark of
International Book Market Service Ltd., member of OmniScriptum Publishing Group
17 Meldrum Street, Beau Bassin 71504, Mauritius

Printed at: see last page
ISBN: 978-620-2-44490-3

Als es begann

Als es begann,
als die Welt aus dem surrealistischen Zustand hervorging,
war da nur eine Fliege.
Sie gebar das Wort,
aus dem heraus sich Materie bildete.
Licht und Farben wirbelten um sie herum
und fiebriges Staunen über das Machbare.
Und als der surrealistische Zustand sich selbst
in seiner unvergleichlichen Schönheit wahrnahm,
streute er winzige Teilchen seines göttlichen Wesens
in einige wenige Menschen jeder Epoche,
um sein Werk wachsen und gedeihen zu sehen.
Dann zog er sich wieder in seine Träume zurück,
begleitet vom Summen unzähliger Fliegen.

Blaupausen

Blaupausen des ersten Regens,
unerreicht in ihrer geistigen Tiefe und Frische,
liegen wieder bereit, um anderen Wirklichkeiten
weitere Tore des Verstehens zu öffnen.
Spritzer kalkulierten Lächelns
werden aus ihnen entfernt,
damit nur Wasser dahinfließt in den neuen Himmeln
und an bestimmten Tagen auch in den Surrealisten.

Sonne

Sonne, am hellsten scheinend
in der Nacht des Surrealisten,
wenn blank die Wasser
über gußeiserne Himmel fließen.
Sonne, im namenlosen Zustand ihrer Bestimmung
dem Träumen nahe,
läßt ihren Magnetismus wieder in die Menschen fließen.
Kopfgeburten sollten jetzt vermieden werden.

Spiderman

Augensanft
über dem untersten Himmel schimmernd,
das Mondmobil von Spiderman,
der unzählige Kußhände passieren mußte,
um sich an seinem rechten Ohr kratzen zu können.
Wasserflecke der Blinden
versammeln sich im Ohnmachtsgefüge ihres Einbruchs.
Schon finden die Gauner sich wieder
in Spidermans Spinnennetz.

Lustverdoppelung

Die Blickhalbierung des Sommers
schwoll an zur Gutelaunezunge,
die stichbereit über den Kornblumen vergangener Jahre
ihre gleitenden Bewegungen mit Honig versorgt.
Lustverdoppelung
scheint doch der bessere Weg zu sein,
um die Lenden toben zu lassen.

Umprogrammierungen

Der Stab des Horus wurde gebrochen,
als Staub aus den Achsen versuchten Träumens hervorbrach
und sich auf eine Zahlenkolonie der Freude setzte.
Der herbeigeeilte Abend kam zu spät,
um das Geschehen im silbernen Kronleuchter zu betrachten.
Umprogrammierungen des Lebens hatten schon stattgefunden.

Blauer Himmel

Blauer Himmel, aufgestundet im Herbst.
Sein Versuch, die Welt zu beschleunigen,
ist kläglich gescheitert.
Kleine Abwägbarkeiten in den hellen Räumen
mit der Eleganz ungetrübten Sonnenspiels
ließen den Riß schon vermuten,
der dem Abträglichen einer Enttäuschung
die Zinsen verwehrte.
Das Raunen in den dunklen Räumen
verblaßte daraufhin zum oxidierten Fragezeichen.

Der wunderbare Schlaf

Der wunderbare Schlaf,
im schallfluktuierenden Horchmodus tiefster Nacht,
ist das Zentrum des glücklichen Surrealisten,
ist Heimat verdichteter Zahlen
und letzter Ausweg lebensferner Träumer.
Der wunderbare Schlaf,
unermeßlich schüchtern in seiner Vielfalt,
ist doch ein Gott in der surrealen Welt,
die nichts wissen will vom Leben und Sterben der Menschen.
Genaueres entnehmen sie bitte dem Ruf der Wildgänse.

Für die Nachwelt

Lauschangreifer der horizontalen Zahl Drei
einer geerdeten Formel ohne Schicksalsgefüge
tragen dem nahen Gewitter erste Grüße zu,
die kein Regenschirm besser formulieren könnte.
Das Auseinanderwirbeln warmer Umarmungen
beim ersten Donner
wird der Nachwelt auf einer Briefmarke erhalten.

Wahrnehmungsbausteine

Wahrnehmungsbausteine,
dem Keim sexueller Lust zugeeignet,
streuen ihren Pilz der Verachtung
in aufnahmebereite Skeptiker unterschiedlichstem Blau,
die hartnäckig an ihrem Stammbaum festhalten
und die Mimosenbläschen gefalteter Eleganz
mit einem teilnahmslosen Kuß abtun.
Die Chancen einer Wahrscheinlichkeit,
in der es anders ist,
ist vom Spreizen der Dichterlippe abhängig
oder wie ungenau
die Sonnenuhren im fernen Ägypten gehen.

Stimmenschweiß

Stimmenschweiß, die Zungen
sollten endlich ruhen,
die magnetischen Blicke,
in den Dünen weitläufiger Strände erhaben wie Könige,
ihr Rumoren einstellen.
Zuviel wurde schon aufeinandergetürmt
und dann wieder vergessen.

Wörtertanz

Wörtertanz,
wo sonst nur Schnee fällt.
Der Zug hielt heute nicht am Bahnhof an,
sondern fuhr ohne zu bremsen
mit der Hoffnung eines Goldschmieds
ewig im Kreis dessen,
was hätte sein können, bevor es geschah.
Wie ein Lumpensammler ohne Beute
ließ sie sich gesenkten Kopfes auf ein Abstellgleis fahren,
nachdem Krähengeschrei sie entmenschlicht hatte.

Stimmen

Stimmen, die abwarten können,
bis Aufmerksamkeitsstrukturen sich aufgebaut haben,
gehen von Mensch zu Mensch
und vergnügen sich im Rausch ihrer Echos,
deren Nullpunkt
sich in einem Opernhaus in der Sahara befindet.
Ahnenhieroglyphen drängen dorthin
mit neuem Schlaf und Wurzelzahlen,
die dem Aussteuern des Sehens zugrunde liegen.
Dies ist ein Ort ohne Fehl und Tadel.
Surrealisten sollten ihn meiden.

Der Wurzelschmecker

Der Wurzelschmecker nächtlicher Königinnen,
unbefangen im Ausloten selbständigen Handelns,
überdenkt noch einmal sein Heute,
bevor er seinen Zitronensaft in die Schatten fließen läßt,
um nicht anzusäuern.
Das ewige Gestern seiner Atmungsfrequenzen
ist ein Handeln ohne wirtschaftliche Motivation
und trägt dem Rechnung,
indem seine Bauchmuskulatur zu erschlaffen beginnt.
Der Wurzelschmecker nächtlicher Königinnen
könnte rechtschaffen sein,
hätte er nicht diese lange Zunge.

Der schöne Gesang

In den Höhlen des Staunens
rascheln die Vipern des Mißklangs
mit ihren blauen Nächten,
die so herrlich schlummern könnten,
würde man sie nur lassen.
Dennoch füllt sich der große Parkplatz des Morgenlichtes
mit dem schönen Gesang des Erkennens,
der uns auch heute durch die Harmonie seiner Zahlenreihen
die Farben des Lebens wieder zugänglich macht.

Das Abholzen der Stimmbänder

Das Abholzen der Stimmbänder
im beträchtlichen Mitternachtsfundus des Schlafes
nähert sich gefährlich nahe den weißen Schafen,
die es aufgegeben haben, Objekte der Begierde zu sein.
Sie blöken ihre Hymnen auf die blauen Windeln
extravaganter Insektenbüsche
und lassen ihr Wasser über Scherbenhaufen fließen.
Jetzt müßten diese Schafe geschoren werden,
doch sie werden nicht geschoren!

Aufstundungen

Aufstundungen befreiten Schneeräumens,
lassen das Umherflattern nebelhafter Minuten nicht mehr zu.
Der Winter treibt die Kälte voran,
die nutzlos erscheint beim Anblick der Schornsteine.
Das ermutigt, sich eine Pfeife anzuzünden
und sich in der märchenhaften Landschaft zu verlieren.
Doch das Plärren einer Stimme in unmittelbarer Nähe
läßt diese hübsche Stimmung schnell in sich zusammenfallen.

In stummen Gärten

In stummen Gärten im Rausch des Mondes
stehen die großen Vogelkäfige,
gefüllt mit Pflastersteinen.
Düfte versuchen sich freizuschwimmen,
doch die Schatten der Enthaltsamkeit verhindern dies geschickt.
Sie nehmen die Gestalt deiner Lässigkeit an
und unterjochen die Nasen der Schlafwandler,
die dem schönen Schein des Flieders bis hierher gefolgt sind.
In stummen Gärten im Rausch des Mondes
stehen die großen Vogelkäfige,
gefüllt mit Pflastersteinen, die so herrlich schnarchen können.

An jenem Abend

An jenem Abend,
als die Zungen auszogen,
um andere Zungen zu treffen,
vollzog auch das große Nest bärbeißiger Enthauptungen
eine Kehrtwende in Richtung aufsässiger Zeit,
die noch einen Gehilfen suchte,
um die Fabrikschlote zu erschrecken.
Als die Nacht sich in den Bürgersteigen
und in dem schmalen Fluß festgebissen hatte,
kam doch noch der Regen
und kühlte die erhitzen Gemüter.

Wer sprach von den Stunden?

Wer sprach von den Stunden,
die gegangen waren,
um an anderen Orten wieder aufzutauchen?
Wer sprach von ihnen?
Wem wurde eine Mehrzeit zugebilligt
mit den besten Wünschen...? War ich es selbst?

Der Stillstand in meinem Blut

Der Stillstand in meinem Blut,
als die Schöpfungsgeschichte meiner Vorfahren
in mir tobte und das rote Fließen ignorierte,
setzte ein Fragezeichen hinter meine Einsamkeit.
Das Klingeln des Weckers
war von da an wie in Watte gepackt,
so zärtlich eingebunden im Liebesspeck,
so wundersam im Aufhorchen des Alltags.

Die Stehgeiger im Parlament

Die Stehgeiger im Parlament
haben Pause.
Noch ziehen mir die Wolken leicht durchs Gemüt.

Die Dame mit den drei Nasen

Die Dame mit den drei Nasen
hebt eines ihrer fünf Beine,
um eine mathematische Formel moralisch auszurichten.
Ihr freigeistiger Blick
verweist noch einmal streng
auf die dröhnenden Marschgesänge eines Gewitters,
das sich nicht dazu entschließen kann,
sein Schwarz aufzulockern.
Die Dame klatscht in ihre zwanzig Hände,
worauf ihr ein sechstes Bein wächst.
Auch sie hat vergessen, einen Regenschirm mitzunehmen.

Flüssige Bereitschaft

Die flüssige Bereitschaft aufquellender Nächte,
diesmal den Würfelflug unterstützend,
wird vom Eiertanz der Eule weitergeleitet
und wohlwollend von den Spielern zur Kenntnis genommen.
Dem Speichelfluß meiner falsch gehenden Uhr
ist das nicht geheuer und er läuft davon.

Blickzüge

Blickzüge, gefüllt mit Erinnerungen,
laufen die Häfen kollabierten Entsetzens an,
um die Kastanien der Linderung zu preisen,
die über den Köpfen der Musen schweben
und jede ihrer Bewegungen fließend machen.
Die vertagte Anmut prophetischer Kalender
kann nun in Erscheinung treten.

Schlaftreiber

Schlaftreiber,
im Sauerstoffgefüge bunter Luftballons zuhause,
entmannen sich auch diese Nacht
im Mittelkreis eines Fußballfeldes,
um den Torjubel künftiger Generationen
ein wenig zu dämpfen.
Das Gras schlägt zu ihnen empor
und formt ihnen auch diesmal das unvermeidliche Fragezeichen.

Sandmeisen

Sandmeisen,
dem Blau zugehörig, dem Himmel,
dem Zustand absoluter Schwerelosigkeit,
flattern den Blickkontakten subjektiven Erkennens nach,
die sich im Innern der Glaskugeln verlieren.
Weitere Möglichkeiten ihrer Flugakrobatik
flattern durch den Mitteilungsdrang der Insekten.

Das Ausrichten der Blicke

Das Ausrichten der Blicke
am Ende des Konzertes
führte dem Tag neuen Sauerstoff zu.
Die Zuschauer klatschten und johlten
und bescherten der Sängerin einen vollkommenen Abgang,
der später am Abend weggekarrt wurde
in der ewig gelben Schubkarre der Panik,
die so schön die Pfützen knarren lassen kann.
Aus einer bestimmten Himmelsrichtung herabfahrend,
gab auch der Steilflug der Mitternacht seinen Senf dazu.

Das Geschaukel der Andacht

Das Geschaukel der Andacht
schwingt sich eine Oktave höher
in den Bereich unverbrauchter Zufriedenheit,
der nichts mehr gelingen will in ihrer Ahnungslosigkeit.
Anfeuerungsrufe kommen zu spät,
die Flammen der Schüchternheit
explodieren aus ihren goldenen Eiern
und sind dem enttäuschten Physiker
letzte Instanz und nachdenkliches Wohlwollen.

Im Kopf des Blautons

Im Kopf des Blautons,
im Speichel dahintreibender Briefmarken,
im Verschleiß eines übermüdeten Weckers am Morgen,
vermischen sich die Lächeln alter Kulturen,
und gebären eine neue Anziehungskraft
in der Werbung und beim Flirten.
Auch wenn Eigenbrötler sich einmischen sollten,
bleibt das Dröhnen ihrer Lippen für alle Zeit versiegelt.

Mitternacht

Als der silberne Wanderstab
der Mitternacht zerbrach,
konnte der nächste Tag sein Leinentuch auslegen,
um ein erstes Picknick zu veranstalten.
Die um Menschen gehüllte Träume
gaben blaue Klänge dazu
und durften als Zuschauer dabeisein.
Nur der Mond der vierten Stunde
kam nicht an gegen das Bollwerk dieser Einsamkeit.

Ein Schnarchen

Ein Schnarchen wie aus Augensäften
floß der Kühle eines Gewitters voraus,
das Mühe hatte, Schritt zu halten.
Dieses Aufleuchten unbedachter Handlungen
war kein Segen für die Ansäuerungen verschobener Dreiecke,
die schon Friedhöfe besangen
und nichts mehr hören wollten von Aufschub und Genesung.

Umständlichkeiten

Umständlichkeiten,
wie Würfel unter die Menschen geworfen,
drängen zu dem Schweigen hin,
das die Silben von den Schweinen trennt.
Die kleinen Kinder mit den weißen Augen
grüßen noch aus alten Welten,
die das Heute wie Spinnennetze umschließen.
Die großen Kinder mit den roten Augen
summen indessen die neuesten Schlager beim Wasserlassen
im Wohnzimmer und in der Küche.

Blickzählung

Das Aufzählen der Blicke
brachte nichts ein.
Die Nachtmüden
in ihren wehenden blauen Bademänteln
starrten den Mond an
und der Mond starrte zurück
und das Geschehen entschloß sich,
einen trostlosen Eindruck zu machen.
Das Morgengitter änderte daraufhin
seine Rastereinteilung nach unten hin
in runde Fratzen seiner selbst.
Was von diesem Brei am Mittag noch übrig war,
floß zischend in die Gullys.

An jenem Tag

An jenem Tag,
als die Sonne nicht aufging
erschien am Himmel in voller Pracht
das Gehänge des Pontifex
und ließ den verängstigten Menschen
einen ersten Gruß zukommen.
Sein Lächeln gesellte sich dazu
und alle Gläubigen wurden ruhig und in sich gekehrt.
Niemand vermißte mehr die Sonne.

Das Aufheulen der Angst

Das Aufheulen der Angst
im Aufeinanderprallen der Körperunterschiede,
die nie aus ihrem Bau herauskamen,
läßt sich vom Sirup des Mittags anlocken
und das wirkliche Leben ahnen.
Der freundliche Nachmittag übernimmt den blauen Stab
und zeigt ihr die Höhlen mit dem eisigen Vogelwasser,
das die alten Zahnbürsten hütet,
die schon dem Rittertum zu Diensten waren.
Der Abend schließlich
führt sie zu den Schätzen des Neonlichtes,
auf denen sich so schön und wundersam
die Insekten des Tages im ewigen Tanz liebkosen.

Ausverkauf

Der Ausverkauf wohlfeiler Klänge
im nirwanaähnlichen Zustand verwahrloster Meditation
schreitet auf neue Höhepunkte des Lachens zu,
die trotz Rost noch einmal aufgleiten
und sich der Zeit erinnern,
in der die Schweißspritzer noch ungebändigt waren
und die freie Liebe überschäumte.
Da ertönt die Stimme des Zauberers
und aus den Lumpen seiner schlechten Laune
drückt sich zentnerschwer das Pflaumenmus.

Die Frau in Gelb

Die grünen Kacheln des geheimnisvollen Lächelns
der Frau in Gelb mit den weißen Fähnchen schwarzen Humors
reflektieren die Skelette ersten Morgenlichtes,
die sich zusammengefunden haben,
um den Gläubigen großer Religionen ins Gesicht zu lachen
und auf die fahrenden Eisverkäufer aufmerksam zu machen,
die wütend unter ihren Regenschirmen hocken.
Das Lächeln breitet sich aus,
kein dem Wahn Verfallener wird es ignorieren können.

Die Blicke fielen steil ab

Die Blicke fielen steil ab
und formten den Sand der Sahara zu Ebenbildern ihrer selbst,
mit denen sie den Sommer durchfeierten,
um schließlich
im schweren Eisengeruch des Herbstes aufzugehen.
Neue Blicke krabbelten über den Strand
und wurden von den vielen Porzellaneiern aufgenommen,
die sie sicher über den Winter brachten.
Danach konnten die Menschen wieder sehen.

Blickschädel

Blickschädel, die stumm vor sich hinlächelten,
lösten dem Schwur, den die achte Stunde dem Herbst übergab,
die silbernen Fäden des Nichtverstehens,
damit er doch noch Erfüllung fand.
Wespen, die schon im Dinosaurieratem schwammen,
griffen helfend ein.
Da wehte der Wind aus braunem Holz enttäuscht davon.

Schlafstücke

Schlafstücke, groß wie Felsen,
rollen durch den Morgen des Surrealisten.
Das Brausen des Windes kommt zu spät,
um sein Aufwachen noch zu verhindern,
das wie eine zweite Sonne den Raum ausleuchtet,
während in der Ferne
ein Gelächter in tausend Scherben zerspringt.

Muttertrostkuchen

Muttertrostkuchen,
in gleiche Teile gesiebt
und in tausend Küsse gestreut,
bersten vor Charme und Nostalgie.
Die Augenwischereien der Propheten
verkümmern dagegen auf den nassen Straßen des Frühlings,
die sich verschnupft zeigen in dieser obszönen Jahreszeit
und die Schuld dafür wie immer den Menschen geben.

Gedrängehopsen

Das Gedrängehopsen schwarzblütiger Atmungskünstler
verliert sich an diesem Nachmittag
auf den endlosen Stränden minutiöser Wahrsagungen,
die bis in den Weltraum hinauf reichen.
Das Abschlachten morgendlicher Zuversicht durch die Zeit
bleibt auch heute nicht aus
und wird langsam zu einem Problem.
Jugendliche Raufbolde schließen sich schon zusammen,
um dagegen anzugehen.

Das Aufhorchen des Regens

Das Aufhorchen des Regens,
als ein Fußballstadion vor Jubel fast explodiert,
verliert sich im Silberblick des Schiedsrichters,
bevor er den Ball im Anstoßkreis wieder freigibt.
Auch das verblaßt mit der Zeit
zu einer Gutenachtgeschichte familiären Wohlseins
und verschließt dem Alltag Tür und Tor.

Nachschöpfungsmetaphern

Nachschöpfungsmetaphern.
Der Aufschlußrüssel verhärmter Migräne
schleift träge seine bessere Zeit hinter sich her
und ist nicht mehr in der Lage, anzuhalten.
Wanderndes Wasser gesellt sich dazu;
seine holzgeschnitzten Rosenwanderstöcke
vertreiben allen Kopfschmerz.
Ein Sohn der Ferne
legt ihm mathematische Fesseln an
und lockt ihn mit dem Duft sexueller Vereinigungen
zum ewigen Tanz über die Kalenderblätter.

Kaltfronten

Das Aufeinandertreffen zweier Kaltfronten,
als die Verliererin im Frauencatchen
auf ihren Trainer zugeht,
läßt die Mathematik dieser Szene explodieren.
Ihre Tränen spritzen davon
und sie eilt, um sie einzuholen.
Doch die Wege sind lang und beschwerlich
und die Selbstvorwürfe flüstern so schön,
so wie ihr Freund schön flüstern konnte, einst...

Schattengeheul

Schattengeheul, der Dampf in den Achselhöhlen
durchtrainierter Strandschönheiten
ist Gewissen und Selbstwahrnehmung des Sommers,
der noch mit seinen blauen Wattebällchen
zu begeistern weiß.
Die Ferne leckt auch heute ihre Briefmarken,
wie Frauen im Erregungszustand
Erektionen lecken
und für jeden Spaß zu haben sind.
Bald knarrt der Herbst mit seinem goldenen Fächer,
danach ist fast schon Weihnachten.

Der geizige Winter

Auch dieser Winter stemmte seinen Geiz
in die Muskulatur wahrnehmbarer Bewegungen
und ließ den Schnee solange als Rarität zurückkehren,
bis die Massen vor Begeisterung tobten.
Das Wachklopfen unverstandener Zeit
nahm daraufhin zu
und erlag der Versuchung, eine Erklärung abzugeben,
die aber nur aus Vogelgezwitscher
und Kaugummigesabbel bestand.
Die Dolmetscher saßen gefesselt und geknebelt
in goldenen Käfigen weit oben in den Bäumen
und konnten sich ein Augenzwinkern nicht verkneifen.

Lieder des Müßiggangs

Lieder des Müßiggangs,
müde Feuersbrünste im Tagesablauf,
verhandeln nicht mehr
mit den unsichtbaren Stimmen in sich.
Sie werden schwerer und schwerer,
fallen auf den Boden
und werden von lachenden Kaninchen fort gerollt.
Der Tagesablauf
wirft ihnen noch einen Seufzer der Erleichterung nach,
bevor auch er den Dudelsackspielern in den Spiegel folgt.

Der Jubel brach nicht ab

Der Jubel brach nicht ab,
als Wind an ihm rüttelte
und Mondlicht ihm eine Gedankenkette widmete,
bei der es um die goldenen Gesetze des Schweigens ging.
Der Jubel brach auch nicht ab,
als sich Wassermassen gegen ihn erhoben
und Feuersbrünste in ihn drangen.
Der Jubel war einfach nur Jubel,
eine unbekannte Größe im tosenden Tagesgeschehen,
mit Granit ausgekleidet
und den Blaupausen besten Lachens bewaffnet,
die er jederzeit abrufen kann.
So ist er weiterhin unverwundbar.

Die Augenblicke klappten auf

Die Augenblicke klappten auf an jenem Abend
und Urwasser schwappte aufs Land,
das sich endlich frei entfalten konnte.
Es schüttelte die Menschen ab wie lästige Fliegen
und widmete sich nur noch dem Tierreich.
Wolkenzüge, schnell und kraftvoll,
spiegelten das Geschehen auf den Himmel,
ohne das seine Einsamkeit darunter litt.
Alles schien sich zum Guten zu wenden,
bis das aufwühlende Geschrei eines Neugeborenen
die alten Verhältnisse wieder herstellte.

Das schöne Lächeln

Das schöne Lächeln der Medusa,
ein Hohelied sinnlicher Abweisung,
schmückt diesen Abend aus,
der seine numerischen Sehnsüchte
in den Schaufenstern gespiegelt sieht.
Auch der Regen hoppelt durch die Straßenschluchten,
stets einen Zeigefinger
auf seinen wasserdichten Lippen.

Karneval der Surrealisten

Der Karneval der Surrealisten
zur Unzeit menschlicher Wahrnehmung
im ausgehöhlten Schlaf ihres Denkens,
der den flüssigen Sauerstoff
mit der Präsenz großer Kinofilme verbindet,
verliert sich in ihrem großen Tanz des Unbewußten
und ihren sonnendurchfluteten Kostümen:
Andre B. als Offenbarung der Zahl Neunzehn,
Philip S. als blinkender Magnetschnäpper,
Benjamin P. als heulender Klingelbeutel,
Lois A. als geteerter und gefederter Surrealist,
Paul E. als Sonnenstrahl mit einem Glas Wasser in der Hand,
Antonin A. als träumende Zwangsjacke
Salvador D. als Salvador D.,
Robert D. als schnarchende Schreibmaschine
Rene C. als meditierender Hammer
Man R. als gelbes I-Phone,
Max E. als wattegetränkte Leonora,
Leonora C. als einäugiger Würfel,
und all die anderen Surrealisten,
die sich tanzend im Schatten halten
und die Effizienz ihres Daseins
mit der schönen Bräune des Windes vertiefen.

Das Aufheulen der Klappläden

Das Aufheulen der Klappläden
zur unbestimmten Nachmittagszeit in einem Orkan
hat ein Raunen aus der Tiefe des Raumes zur Folge,
in dem der Surrealist sitzt
und wie ein Komet um seine Träume kreist,
bis er wieder ins Zentrum seines Schlafes gelangt ist
und dort das Summen der Fliegen hört,
ganz nah und doch unerreichbar fern.

Inhalt

Printed by Books on Demand GmbH, Norderstedt / Germany